童話旅人團

人狼來了

②

一樹 著　　雅仁 繪

目錄

旅人們，出發！

翰修

聰明機智、沉默寡言，常常冷着一張臉，但為了甜食可以放下他的高冷。

小紅帽

頭腦簡單的開朗少女，旅人團裏的打鬥擔當。千萬不能讓她捱餓，她會打人的！

傑黑

擁有大量不同技能的證書，待人溫文親切，不過一打噴嚏就會變成可怕的人狼。

1. 人狼乍現

山坡聚集了一群綿羊在吃着草，一派悠閒。

不過平靜的氣氛很快給放羊的少年破壞，他連滾帶爬的跑下山坡。

「**救命啊——！**」少年向着不遠處的城市大喊。

回一回頭，看見一個**黑影**站在山頭上。他跑得更急。

「來人啊，人狼來了！人狼來了！」

叫了沒有幾聲，少年不慎給**石頭**絆倒，整個人滾到山腳，暈了過去。

黑影居高臨下地俯視着。

那是一頭**毛茸茸**的人狼。

2. 到訪誠實城

「我要暈了。」小紅帽一面説，一面倒在草地
上。一隻蝴蝶給她嚇飛了。

翰修緩慢的吃着口香糖，盯着她。

「你怎麼了？」傑黑驚叫道，眼鏡也跳了起來。

「我的頭好暈，大概是血糖太低。」
小紅帽眼睛半合道，「得吃朱古力流心蛋糕，
補充糖分才行。」

「一定要朱古力流心蛋糕嗎？」

「一定要。」

「好，我去為你買！」前面不遠處就有**城市**，傑黑用「手刀跑」跑了過去。

翰修盯着小紅帽。

「不要再裝蒜了，誰會在暈倒時說『**我要暈了**』啊？」

小紅帽睜開一隻眼睛，一個鯉魚翻身跳起。

「總是騙不了你，**真沒趣。**」

原來小紅帽才沒有血糖過低，她只是跟傑黑開玩笑。

「你這樣騙了傑黑，不會過意不去嗎？」翰修

問，他和小紅帽朝着城市走去。

「我不過是開了個 無傷大雅的玩笑 罷了，有什麼關係？」她撥一下頭髮，「你不是也常常説謊嗎，有什麼資格説我？」

「但我從來不會為了 "尋" 開 心 而説謊。」

翰修跟小紅帽、傑黑都是旅行者，他們分別為了 **不同的理由** 而踏上旅途——翰修是「糖果屋事件」的生還者，因為妹妹歌麗德在回家路上失蹤，他打算回去糖果屋，尋找線索；小紅帽、傑黑是從小一起長大的好朋友，為了醫治某種疾病而展開旅程。

本來沒有關係的兩組人因為 **偶遇而相識**，結伴上路……

翰修、小紅帽所去的城市相當有名，叫「誠

實城」。那裏的市民非常特別，如同名字所表示，只懂得說真話。

「他們**不會說半句假話**，不能理解說謊是什麼一回事，簡單來說和你相反。」翰修說明道。

「好有趣哦。」小紅帽露出**狡猾**的**笑容**。

「你在打什麼鬼主意？」

「才沒有呢。」

兩人不久到達誠實城。傑黑**氣喘吁吁**的站在城外。

「我找不到朱古力流心蛋糕⋯⋯」

「唉，那也沒辦法，走吧。」小紅帽說。

「你不是血糖過低嗎，怎麼這麼**精神**？」傑黑困惑得很。

三人打算在城裏略作休息，才繼續行程，前往糖果屋。

誠實城是個 白色的城市，多數建築物都是雪白的。這個地方初看和一般城市沒有分別，不過細心觀察的話就會發現其中是有差異的。

比方說，一個 餐館老闆在他的店子外招攬客人，一般人一定是吹噓自己的餐館有多棒，但他卻大嚷：「我們的**食物不好吃**，衛生環境也不怎麼樣，但**服務卻非常好**，如果你能忍受就進來吧！」

「他根本是在趕客啊。」傑黑説。

「真是 **坦白得可愛**！」小紅帽拍掌道。

然後又有兩個太太在街上閒聊。

「你是不是剪了頭髮？」「對呀。」「剪得好醜。」

小紅帽忍不住笑出聲。

這就是誠實城了。

兩個太太繼續聊天。

「你有聽説嗎，洛基在放羊的時候碰到**人狼**，

受傷了。」「真的假的，人狼不是傳説的生物嗎？」

一聽到「**人狼**」兩個字，小紅帽、傑黑不約而同改變了表情，十分認真。

童話世界有 **三種狼**，一種是沒有思想、純粹的動物；一種是會說話、穿衣服，和人沒有兩樣的狼。

　　第三種是介乎兩者之間、**行為暴戾**的人狼。不過世上是否真的有人狼，還沒有定論。大部分人都不相信有人狼，認為那是**虛構的生物**。

　　小紅帽、傑黑對人狼的事很感興趣。

　　「不如去探望一下那個洛基？」小紅帽提議道。

　　這無疑**打亂**了行程，不過翰修沒有異議。

由於誠實城的人都只説真話，不難打聽洛基的事情。他正在某間 **診所** 接受醫治。

綜合大家的説法，「人狼事件」的經過大約是這樣：早幾天，洛基在放羊時，高聲求救，説看到人狼。城裏的人 ***馬上趕去救援***，可是到了現場卻什麼都看不見，只見到洛基哈哈大笑。過了兩天，洛基又大叫「人狼來了」，但大家趕到後同樣沒有看見人狼。到了今早，洛基第三次説有人狼，只是這次再也沒有人跑過去。結果洛基因為逃避人狼而 **滾下山**，不醒人事；人狼還吃了一隻羊。過了好一會，洛基恢復知覺，那時人狼已經跑了。他馬上逃回城裏，把事情告訴大家。

「咦？」小紅帽叫了出來。就是 **最遲鈍** 的她，也發現故事有個地方不對勁。

「這件事很有必要調查。」傑黑托一托眼鏡，與小紅帽、翰修向洛基所待的診所走去。不過他們是**外地人**，見洛基恐怕會有困難呢。

「你們想跟洛基談話嗎？沒有問題。」診所裏的醫生竟然爽快地，讓他們進去。

「你也太隨便了吧？我們可是**陌生**的外人啊！」傑黑對他説。

小紅帽**重重**地敲傑黑的頭殼一下。

診所有兩張病牀，洛基躺了在其中一張上。

牀的周圍以簾布遮蓋着，可以聽見他在哭泣。

「他的經歷想必很可怕。」傑黑説。

翰修把簾布拉開，看到洛基正在吃**漢堡包**，補充營養。

「好好吃喔……」他為吃到美食而流淚。

16

傑黑的眼鏡掉了下來。

「你好。」翰修開口，詢問洛基人狼出現的情況。

洛基是個喜歡引人注意的人，他 繪影繪聲 地描述了事發的經過，基本上和傳言説的差不多。

「我還有一個問題。」翰修説，小紅帽、傑黑若有深意的對看一眼，「你是會撒謊的，對吧？」

3. 小紅帽、傑黑的過去

誠實城的人都聽過「撒謊」之類的詞語,只是沒法子理解當中的含意。情形有點像外文,你能聽到發音,但不懂得那是什麼意思。

「你在說什麼,我完全聽不懂。」洛基說,眼珠轉到另一邊。

「你絕對在說謊!」小紅帽指着他。

「吓?」洛基繼續裝傻,冷汗直流。

「這是我聽過**最拙劣**的謊話⋯⋯」傑黑説。

翰修直視着洛基。

「你説你碰到過三次人狼，但頭兩次明顯是**惡作劇**，不是真的。不要再掩飾了。」

洛基輪流看看三人，靠在牀頭，坦誠道：「沒錯，我能夠撒謊，知道那是怎麼一回事。」

誠實城居然有人能説謊，這恐怕是**破天荒頭一遭**！

「有一天，我的腦袋突然像有什麼**接通**了，發覺可以刻意説不是真實的東西，也就是説謊。那是我之前沒有想像過的。」洛基憶述他怎樣「**開竅**」，「我想到可以對其他人説謊，那

19

一定很好玩，於是虛構有人狼來了，捉弄大家。」

「我明白你的心情。」**喜歡惡作劇**的小紅帽拍拍他的肩膀，「那確實很有趣。」

「不要認同他的行為。」傑黑沒好氣道，「即是你碰見人狼全是 **胡說八道**，不是真的？」

「不，之前兩次的確都是玩笑，但今早我真的看到人狼。」洛基真誠道。

洛基說的是真話？假話？

既然他能説謊，那他的話就不能盡信。最重要是，人狼是**傳説的生物**，叫人難以置信。

可是小紅帽、傑黑卻傾向相信真有其事。原因是⋯⋯

一股冷風注入診所，令牀邊的簾布飛揚起來。

「**哈啾！**」傑黑因此打了個噴嚏。

「糟糕！」小紅帽説，自身上扯出**一條麻繩**。

傑黑的身體竟在打完噴嚏後發生變化，變成兇惡的人狼！

小紅帽、傑黑相信世上有人狼，因為傑黑本身就是人狼！

「哇！」洛基**嚇得口吐白沫**。

一直在忙別的事情的醫生走過去。

「發生什麼事？」

小紅帽迅速的用麻繩把傑黑綑住,綑成一個毛球。

「沒事,我們在玩**拋球遊戲**而已。」翰修說。

小紅帽把「毛球」拋給翰修,但「毛球」對他來說太重,把他壓扁了。

「**外地人都是怪人呢。**」醫生心裏道,回去忙他的事情。

傑黑患了一種怪病,會在打噴嚏後變成人狼。他跟小紅帽旅行的目的,就是**尋找醫治這個疾病的方法。**

22

人狼的真面目其實是患了「**人狼症**」的病人。

幾個月前，小紅帽跟傑黑一起探望婆婆，發現婆婆患病了，變成人狼。他們馬上把她制服，只是傑黑在過程中被**抓傷**了，也染上那種病。

幸運的是，傑黑不像小紅帽的婆婆那樣，徹底變為人狼。他只有在**打噴嚏**後才變身，維時三十分鐘。為了讓小紅帽的婆婆、傑黑回復正常，小紅帽與傑黑離開他們的村子，尋找**根治**人狼症的方法。

所以小紅帽、傑黑才會想調查洛基的事故，因為事件牽涉人狼。

兩人跟翰修跑到事發地點，進行調查。洛基一直跟着他們。

童話日報

「你幹嘛跟過來?」翰修厭惡地道,像晚上睡覺時聽到蚊子的聲音那般煩厭。

「那頭人狼有可能會**危害**我們的城市,下次或者會攻擊人,我當然也要去調查他的事了。」洛基說。這只是其中一半原因,另一半是事情看起來很有趣。

「但你不用工作嗎?」小紅帽問他。

「因為我受傷了,老闆讓我放假幾天。」

人狼是**非常危險**的生物,體格強壯,殘暴不堪。據說有人狼曾在一夜間把一座村子消滅了,**破壞力**驚人。

不過,看看誠實城,並沒有因為人狼出現而產生恐慌,氣氛平靜。

一開始洛基很怕會變人狼的傑黑,不過他的

好奇心很快就戰勝了恐懼。路上他不斷問傑黑變作人狼是什麼感覺，甚至想辦法令他再變一次身。

一行四人經過一間書店，看到裏面只有字典、人物傳記、歷史書、百科全書⋯⋯

「怎麼一本 小說 也沒有？」傑黑問。

「小説？」洛基側側頭。

原來這裏的人不只不能理解「故意說不是真實的東西」，也不能理解「故意寫不是真實的東西」，因此沒有小説的存在。

就連「開竅」了的洛基也覺得小說的概念很**神奇**，始終他只是剛剛學會說謊。

「我有很多事情可以教會他呢。」小紅帽彷彿看到一顆 **未經打磨的原石**。

「請不要教壞他。」傑黑拉住她。

接着他們通過一個廣場，正好有 **戲劇** 在上演。內容講述一個水果販子的生活趣事，那些見聞全是真事；事件中的人物，包括水果販子、顧客等，都是本人，做回自己。

他們的戲劇都是 真人真事，也沒有演員這種職業。

「好無聊的故事！」小紅帽覺得悶得要命。

4. 狼影消失

大伙兒沿着放羊的路線步行，走到**野外**。

今早羊群是在誠實城北面的山坡吃草。那是連綿好幾百米的**小山丘**，披滿綠草，偶然有一兩塊黑色的石頭突出來；山的坡度不是很大，微微隆起。

牧場主人已把綿羊趕回家，可以瞧見，事發後山坡一片亂哄哄，到處是凌亂的草屑、泥巴，反映羊群曾**慌張地**逃跑。

翰修跪下來檢查地下，發現半隻狼的**足印**，進一步證實人狼來過。

然後眾人爬上山頭。山的另一邊——北面——是**森林**，面積相當大。據洛基所說，人狼是從森林的方向走上來，估計施襲後跑回森林去。

「這是很理想的匿藏場所呢。」傑黑望着林子。

翠綠的山頭有一灘顯眼的**褐紅血迹**，不消說就是（羊）命案現場了。四人朝血迹走去。

那個位置的草**十分整齊**，給羊的屍體壓扁了；紅色的血像被鋪般蓋在草上，猛看還挺像一張牀。

4. 狼影消失

翰修**凝視**這片血迹，抱臂沉思。

傑黑嘗試推敲人狼的行動，他指一指北面的森林：「那頭人狼從森林走上來，把洛基**嚇跑**，再攻擊山頭其中一羊。」用腳踏一下地上的血迹，「他只吃了一隻羊，之後又回去森林。」

很合理的推斷。這意味人狼目前身在森林，那就要進去探索——

「**等一下**。」翰修舉手，指指山的南面，城市的方向，「那你怎麼解釋這面山坡（南面）的羊為什麼要逃跑？人狼在山頭捕食，照道理不會影響牠們。」

傑黑想了一下。

「人狼在捕獵的過程中，多半會有**一番追逐**。當時他們大概繞到了山的南面，把其他羊嚇得四處

亂跑。」他用手指畫一個圈，比劃路線，「最後他們

又回到山頭上。」

「這是一個可能，不過我有 。」

翰修望着城市的方向，「我認為人狼從森林走到山

上，襲擊一隻羊，再從另一邊下山，所以羊群才會

騷動」

聽了翰修的推理，洛基瞪大了眼睛。小紅帽也很**詫異**。

「這不就表示……」傑黑說。

「**人狼沒有回去森林**，而是走到了城裏去。」翰修說。

照翰修的說法，人狼現時藏在誠實城裏。

「我向來很佩服你的腦筋，不過這不太可能吧。」傑黑托一下眼鏡，「這樣的**怪物**走進城裏，怎麼會沒有人發覺？」

「如果對方跟你一樣，也是只會變身一陣子呢？」翰修說。

傑黑怔了一怔。

假如是這樣，他就能以**人類**的狀態進入城裏，

31

不會引起任何**懷疑**。

　　若翰修是對的，那人狼必然是誠實城的居民。而傑黑、小紅帽從來沒有看過翰修出錯。

　　「一定要把那頭人狼找出來。」洛基熱愛自己的家，不想家園被毀。

　　對小紅帽、傑黑來說，抓到人狼也很重要，可以讓他們更了解**人狼症**的狀況。

　　四人從野外返回誠實城。翰修指出可以查問在出入口活動的人，在人狼來襲後有沒有看到**可疑人物**進城。

　　「一個一個人問嗎？那要花多少時間？」傑黑擔心效率太低。

　　「我有個**好主意**。」小紅帽說。

　　不久，在誠實城的出入口。

咚鏘咯鏘呼呼噗噗叮……

小紅帽背脊背着大鼓，脖子掛着三角鈴，雙手抓着銅鈸，嘴巴咬着喇叭，發出**一連串噪音**；洛基也拿着笛子，亂吹一通。

途人自然而然望着他們。

「你們今早有沒有看到**可疑的人**？」小紅帽發問道。

「我就知道她不會有好主意。」傑黑冒汗，「這樣高調的**大吵大鬧**，會把人狼嚇跑吧？」

「如果是這樣，不是很好嗎？可以把人狼找出來。」翰修卻應道。

小紅帽成功吸引大家**圍觀**，只是沒有人表示看到可疑人物。

「噯！」洛基看到熟人，放下笛子招手。小紅

帽也停止製造噪音。

　　那是洛基的**好朋友**湯姆，年紀比洛基大一點。他也是住在這一帶。

　　湯姆的身後有七八個小童，像小鴨跟隨鴨媽媽那樣跟着他。這些小童都是他的鄰居，生在**生活困難的家庭**，平日他會幫忙照顧他們，像為他們做飯之類。

　　湯姆跟洛基撞一撞彼此的肩膀，那是他們打招呼的方式。

「你在幹嘛？」湯姆問洛基。於是洛基說明人狼的事。

「你今早在家嗎？有沒有看到可疑的人進城？」

「今早嗎……」湯姆說到一半住口。

「……」翰修、小紅帽、傑黑全看着他，因為

他竟然睡着了！

「湯姆有個技能，就是能隨時睡着。」洛基引以為榮道。

「這有什麼好自豪的！」傑黑說。

「我不知道呢，整個早上我都在打工。」睡了一兩秒後，湯姆又醒過來，回答道。

「你還真快醒來！」傑黑說。

「抱歉，我幫不了你們。」湯姆望向幾個小童，他們在跟小紅帽玩耍，「有人狼在城裏嗎？那得

36

小心提防 才行。」

湯姆和這群小童只是鄰居，非親非故，但猶如一家人。

若果碰見人狼，他一定會**義無反顧**的保護他們。

幾個小童、一隻老鼠圍着小紅帽，好奇的觸摸她的樂器。

「**你們好可愛！**」小紅帽忍不住道。

翰修一向拿小孩不知怎辦，躲到老遠。

「對，這些小孩和老鼠都很可愛。」傑黑說，頓了一秒，「怎麼會有老鼠混進來!?」

「不，他不是老鼠，他是我的**好朋友**謝利。」湯姆糾正他，說完又睡去。

「原來是謝利。」傑黑點點頭，「有名字也是老鼠呀！——你也覺得很惡心吧，小紅帽？」

「你好，謝利。」小紅帽與老鼠握手。

「吱吱吱。」

傑黑摔在地上。

湯姆這個有趣的家，一定要**竭力守護**呢。

38

4. 狼影消失

咚咚鏘鏘呼呼呼……

小紅帽讓幾個小童、老鼠玩她的樂器，大伙兒玩得不亦樂乎。

「不要再吵了，聽得我們心都煩了！」一個**健碩男人**走過去，投訴道。看上去人狼也沒有他那麼壯，感覺他是個麻煩的人。

「不好意思。」傑黑説，發現對方只有一個人，「你們？」

「對，我和我的**二頭肌**。」他把雙臂抬起來，擠出一對二頭肌。

「……」

39

　　説話之間，翰修無意中看見一間破房子打開了

一道門縫。有個男人從 縫間 窺看他們。

　　翰修感到可疑，走過去道：「你好。」

　　那人立刻把門掩上，一句話也不説。

　　「他的眼神很鋭利。」翰修心裏道。

倉促間只看到那人的眼睛。

另一方面。

「要說有誰**形迹可疑**，你們是第一位。」
健碩男人對小紅帽説，動動他右手的二頭肌，「然
後你是第二位。」他對湯姆説，動動他左手的二頭
肌，「誰會像你這樣，隨時睡覺？你肯定有問題。」

　健碩男人像缺堤的水壩，説個不停，叫人
厭惡。

　「你才可疑吧。」洛基不滿他冤枉好友。

　「沒錯。」「吱吱！」幾個小童、老鼠捍衛湯
姆，合力把他趕走。

　他們挖出老大的**鼻屎**，拿去彈他。

　「哇——！」健碩男人一面尖叫，一面逃走。
他們**一鼓作氣**地追上去。

　「你們別跑得太遠。」湯姆尾隨他們。

41

「做得好！」小紅帽大笑。

他們走了以後，翰修走回來。

「我剛才見到一個**怪人**。」

「我肯定我們碰到的那個人比較怪。」小紅帽

笑道。

翰修把 偷窺者 的事說出來。

「你說那個人啊？」洛基望向那人的房子。

「你認識他？」翰修問。

「我想這個城市沒有人不認識他。他是費迪的弟弟迪拿。」

「誰是費迪？」傑黑問。

「費迪是**大地主**，是這裏**最有錢的人**。」洛基回答他，「雖然費迪、迪拿是兄弟，但關係很差，費迪總是懷疑迪拿想謀取他的財產。即使迪拿現在這麼潦倒，他也不聞不問。反而湯姆接濟過他幾次。那個費迪**把錢看得比家人重要**呢。」

「是這樣啊……」翰修瞄一瞄迪拿的房子，若有所思。

忙了半天，始終問不出半點頭緒。事實上除非人狼很**引人注目**，否則很難讓人留意他的行動。

43

5. 誠實不等於愚蠢

人狼到底是誰？躲了在哪裏？翰修、小紅帽、傑黑、洛基一點線索也沒有。

「我們可以在這裏待一陣子，等候人狼。人狼是這裏的居民，早晚會再露面。」翰修說。

「你們可以住我的家，那裏**只有我一個人**。」洛基好客道。

他們決定回洛基的住處休息。路上小紅帽小動

作多多，古古怪怪。

「你怎麼了？」傑黑説。

「難得來到誠實城，人人都只會説真話，**你們沒有想過找點樂趣嗎？**」小紅帽説。

翰修早就猜到她的企圖，不覺得意外。

「我贊同。不做點**惡作劇**，對不起上天給我們的才能。」洛基説。

「説得好！」小紅帽跟他志趣相投，擊一下掌。

不，是**臭味相投**才對。

「我們能説假話，當然能**佔便宜**。」翰修回應道，「不過，在誠實城，能説假話沒有你想的那麼有好處。」

「怎麼會？」小紅帽第一時間説。傑黑也不明所以。

有說謊的能力應該無往而不利呀。

「不然你試試對這裏的人說謊，看看有什麼**後果**。」翰修對小紅帽說。

「好。」小紅帽打算跟人說她是公主，「大家一定會向我下跪。我想當公主很久了，ㅇ0ㅣ ㅇ0ㅣ ㅇ0ㅣ。」

她隨便截住一個男人，高傲道：「我是**小紅帽公主**，快點下跪。」

「我只知道白雪公主、睡公主，不知道什麼小紅帽公主。」對方居然說。

「你不相信我嗎？」小紅帽**眼睛**凸出來。

「當然不信了。」

這不是誠實城嗎，怎麼會這樣？

「我想你沒有聽清楚我說什麼，我慢慢再說一遍。」小紅帽拿出一柄人那麼大的**鐵錘**（！？），

5. 誠實不等於愚蠢

恐嚇男人，「我是小紅帽公主，你信不信？」

「**我信我信！**」他只好説。

翰修、傑黑、洛基覺得無言。

「你看，他把我當作了公主，説謊怎會沒用。」

小紅帽對翰修説。看看那個男人，他已經匆匆逃掉

了。

「你用這種方法，誰都會當你是公主呀。」翰修説。

「你們搞錯了一件事：**只會説真話**和**什麼都相信**是兩回事，兩者不能劃上等號。」翰修指出問題所在，「誠實城的居民是不會故意説假話，但這不表示他們不會説出虛假的東西。有很多情形會令人説出不是真實的事情，像當一個人眼睛有毛病、腦袋有毛病的時候。這些情況這裏的人都能夠理解，所以他們不會那麼笨，什麼話都相信。」他看一看洛基，「這就是為什麼當洛基真的碰見人狼時，沒有人去救他。因為大家撲過兩次空，認定他的腦子或眼睛有問題。」

「對，我都沒有留意。」小紅帽、傑黑完全忽略了這一點。

這也是為什麼城裏這麼 平 靜，因為不是人人都相信有人狼出現。

「間中有旅行者到訪這裏，我們都會**保持疑心**不會認真看待他說的話。」洛基補充。在他們眼中，（能說謊的）外地人往往標籤為 **神經病** 之類。

「那我們真的佔不了什麼便宜。」小紅帽失望道。

誠實城具有十分特殊的環境，可是居民沒有因此蒙受太大的損失。

「即使懂得說謊，也很難撈到什麼 利益。」翰修想道。

一行人來到洛基的房子。

那裏 面積細小，家具不多，牀也沒有，極之簡陋。

「不好意思，你們要睡在地上。我也是這樣睡。」洛基說。

「你的生活很不容易呢。」翰修說。

「同情我就給我錢。」

「你倒是直接……」

小紅帽坐了下來，伏在桌子上。

「好累哦，我走不動了，但我又肚子餓。」

5. 誠實不等於愚蠢

「那我買點吃的回來吧。」傑黑說。

「我也一起去。」翰修說。

他們一踏出屋外，小紅帽立即比出

勝利手勢，大跳肯肯舞。

她根本不累呢。

「其實你知不知道，小紅帽常常騙你。」房子外，翰修問傑黑。

「我知道呀，我 *又不是傻瓜*。」沒想到傑黑說。

「那你怎麼還受騙？」翰修略微一呆。

「沒錯，小紅帽很喜歡騙人，但說不準有一次是真的呀。所以我總是先相信她，信了又不會怎麼樣，頂多是當一下 **跑腿** 而已。」傑黑沒所謂道，「誰叫我們是好朋友。」

「你絕對是傻瓜無疑。」翰修說。

街上有個男人在發傳單，引來群眾包圍他。傑黑感到很好奇，擠進人群要一張傳單。

翰修 **最怕** 麻煩，站在外面等他。

傑黑好不容易搶到一張傳單。看到內容後，「啊」了一聲。

他把傳單遞給翰修。

「你看。」

上面說，由於有人狼出沒的關係，費迪要舉行一場面試，選拔 **保鑣**，名額一個。

不少人質疑洛基的話，但也有人**寧可信其有，不可信其無。**

6. 保鑣面試

「我要參加這個 **保鑣面試** ！」房子內，

小紅帽握住傳單，大呼道。

「我也要！」洛基也説。

傑黑熟知小紅帽的個性，早就料到她會想 **湊**

熱鬧。

「不行啦，你忘了我們要調查人狼的事嗎？」

「不，我們應該去面試。」不料翰修竟同意小

紅帽的主意。小紅帽跟洛基在一旁**歡呼**。

「為什麼？」傑黑問。

「人狼出沒的地點離費迪的大宅**相當近**，所以他才會招聘保鑣。如果能成為費迪的保鑣，或許可以碰到人狼。」翰修解説道。

「原來如此。」傑黑説。

「一開始我就是這麼想。」小紅帽説。

「你才沒有。」傑黑説。

他們都決定參加**面試**，活動會在幾天後舉行。

「我純粹是想看看費迪的大屋。」洛基説。他並沒有信心獲得錄用。

小紅帽、傑黑卻一副**成竹在胸**的模樣。

「費迪肯定會請我這種人才。」傑黑説，並拖來他的大背囊，把一張張**證書**翻出來。他的嗜好是學

習，考獲了許多證書。「例如我有化妝證書，可以把美女變成野獸；又有綁鞋帶證書，懂得打不同的結。」

「好像都沒有用處啊……」洛基説。

傑黑看來**多才多藝**，但總覺得他不是那麼**可靠**。

「保鑣最重要是身手了得，能夠保護僱主。費迪不可能不僱用我。」小紅帽説着，自身上掏出**大量武器**，包括鐵錘、狼牙棒、香蕉皮等。

洛基嘖嘖稱奇，奇怪她怎麼能收藏這麼多東西。

小紅帽**驕傲大笑**，不小心吞了一隻蚊子。

「可是保鑣也要有**智慧**啊。」洛基説。

望望三人，最有希望通過面試的似乎只有翰修。

　　數日後，保鑣面試舉行，地點是**費迪的 大屋**。

　　除了翰修、小紅帽、傑黑、洛基，很多居民也有興趣參加面試，相繼前往會場。有人甚至 天還沒有亮 就過去。

　　為了應付面試，傑黑準備了很多工具，正在把它們塞進背囊。

　　「你好了沒有？天要黑了。」小紅帽不耐煩道。

「你們先走吧，不用等我。我一個人過去。」

「你懂得怎麼走嗎？」洛基問。

「不要小看我，我可是有**野外定向證書**。」傑黑
扶扶眼鏡，自信道。

於是翰修、小紅帽、洛基先行到費迪的住宅。
其後傑黑執拾好用具，獨自出門。

然而，走了沒多久，他發現了一件事──

他迷路了。

「這裏是哪裏啊？」他打量四周。不知從哪時
開始，一棟建築物也看不見。

遠處有一幢樓宇，幾層樓高，傑黑走去**求救**。

只是走到一半，他就停下來。因為那棟樓宇極
之陰森，**活像鬼屋**。

傑黑感到陰風陣陣，於是掉頭走掉。

最終他也到不了費迪的家，成為**首個遭淘汰的面試者**。

費迪家的大閘牢牢關着。人群雲集在門前，等面試開始，吵吵鬧鬧的。

圍牆站了二三十隻**烏鴉**，那似乎是牠們的地盤。一有人靠近圍牆，這些烏鴉就張嘴大叫；看到個子較小的人，牠們甚至會發動攻擊，十分兇悍。

「費迪有很好的**天然警報**，大概不會有小偷敢闖空門。」翰修說。

這時，洛基瞧見**熟悉的朋友**，跳了起來。

「你也來了啊，湯姆？」

「保鑣的工資這麼優厚，我當然……」說到一半，湯姆低頭睡去。

「把話說完才睡覺。」小紅帽說，並踢了他一腳。

「好痛！」湯姆立時痛醒，抱着腳跳來跳去。

此外健碩男人和他的二頭肌也在這裏。

「保鑣的工作非我莫屬。」健碩男人說着，親吻了一下自己的二頭肌。

翰修汗毛倒豎。

過了一會，男工人從裏面拉開大閘，讓眾人進去。

「終於開門了！」大家爭先恐後的穿過閘口。

呀——呀——

那些烏鴉拍動翅膀，叫得更大聲。

約一百個面試者在花園集合，等待費迪。期間男工人維持秩序。

費迪正在寢室睡覺。他不一會醒來，踏出寢室，走到升降機去。

他是個大胖子，身體有三個人那麼胖，走了幾步就要休息，喘一口氣。

費迪的家有兩層樓，他的寢室位於二樓。每次

到地下或者外出，他都要乘搭**升降機**——那是一個大箱子，繫着一根繩子，由人手拉動，能讓人上樓下樓。

「**喂，我要下去！**」費迪高聲道，走進升降機。

「我知道了！」地下有個女工人，聞言走去抓住升降機的**繩子**，把費迪送下來。儘管她是女人，但力氣不輸男人。

然後女工人扶着費迪，走到花園。

翰修揚起眼眉。

「感覺他會隨時會暴斃呢。」

「別看費迪這麼胖，聽説他**非常健康**，一切都很正常（除了體型）。」洛基説。

「不是吧……」

隔壁的城市有個**名醫**，每年費迪都會找他檢查身體。去年名醫表示費迪健康得老虎也能打倒。

「這個我倒不懷疑。」翰修說。給費迪壓住的話，大概大象也會一命嗚呼。

費迪**目光灼灼**的掃視各人，翰修想起他的弟弟，那個陰沉的迪拿。

「謝謝各位參與今天的面試。」費迪頓一頓，彷彿講話也很吃力，「給我水，**妹妹**。」他命令女工人道。

翰修呆了一下。

「這個女的是他妹妹？」

女工人給費迪遞上水杯，他喝一口水，對男工人說：「你來説明規則，**弟弟**。」

「男的是他弟弟？」翰修更愕然。

「哈哈哈，你是不是有點**混亂**？」費迪注意到翰修的表情，主動解釋，「他們是我的義弟、義妹。我和真正的弟弟 脫離了關係 ，不相往來，不過不要緊，只要肯花點錢，你要多少個弟弟、妹妹也可以。」他用手指一指男工人、女工人，「這種家人對我 言聽計從 ，又不會覬覦我的財產，比真

家人還棒呢！」

簡單來說，費迪在跟迪拿鬧翻後，把兩個工人認作弟弟、妹妹，填補家人的空缺。

「有夠扭曲的。」小紅帽咋舌。

「費迪弟弟」向費迪身旁走去，面對眾人：「今天的面試有**五個測試**，只要通過所有測試，就有機會獲聘為保鑣，名額一個。」

規則簡單明瞭。

「五個測試分別是拔草、砍柴、挖井、做家具、修圍牆。」「費迪弟弟」伸出五根手指，「你們要在 限時 內完成這五樣工作，成功的就算通過試驗。若最後過關的有超過一個人，我們會以整體表現來決定誰能得到工作。」

「拔草、砍柴、挖井、做家具、修圍牆。」

翰修心裏道,「這個費迪真會計算,讓人順便幫他**幹活**。」

費迪就是這樣,**又吝嗇,又刻薄**,令人討厭。

隨後面試展開。第一個測試是拔草,每個面試者分配了一塊花圃,要在**一分鐘**內把雜草拔光。

「費迪弟弟」拿着懷表，為大家計時。「費迪妹妹」搬來一張椅子，給費迪坐下。

洛基看看翰修。小紅帽有勇無謀，傑黑更是影子都不見，只有寄望翰修脫穎而出了。

「測試開始！」「費迪弟弟」揮一下手。

「我棄權。」翰修説，捶捶自己的腰，「我不想蹲下來拔草，那樣太累了。」

洛基整個人倒下，地上的花顫動幾下。

他們有四個人，但兩個已經淘汰了。

「即是只有靠我了。」剩下的小紅帽説，手臂像風車搬轉動，飛快地拔除雜草。她的速度比別人快上四五倍。

只是小紅帽不是沒有對手，健碩男人的速度也不遑多讓，快疾無比。

68

兩人幾乎同時做完工作，時間是九秒九。

這可說是狹路相逢，他們瞪着對方，眼睛迸發**凌厲的電光**。

一分鐘過去，洛基未能把草拔光。落選了的他跑去恭喜小紅帽。

「**呀！**」洛基不小心跑到她跟健碩男人中間，給電光擊中燒焦。

之後是砍柴、挖井、做家具，候選者的人數隨着淘汰不斷減少。

每一回都是小紅帽、健碩男人表現得**最出色**，競爭第一二名。看情形保鏢的名額會是兩人之爭。

「**你超棒的！**」洛基對小紅帽喊道。

「還可以。」連試也不試就放棄的翰修說。

「你有資格說這種話嗎？……」

到最後一個項目：修圍牆，候選者只剩下**小紅帽**和**健碩男人**。

圍牆東西兩邊各有一個部分損壞了，他們要進行修葺，限時是一小時。

「費迪弟弟」拿起兩張紙，一張寫着「東」，一張寫着「西」，「你們自己選擇，誰維修東邊，誰維修西邊。」

健碩男人打量兩邊的狀況。

「我要西邊，那裏損毀比較少！」他一支箭似的衝出去，搶寫有「西」的紙。

「那是我的。」小紅帽見狀說，朝他撒出三根飛鏢。

「好傢伙！」健碩男人向旁邊滾去，躲避三根飛鏢中的兩根，並接住第三根。

「還給你！」他把飛鏢扔回去，飛鏢插在小紅帽的腳尖前面。

「西邊是我的！」健碩男人說，乘機跑到「費迪弟弟」面前。

只是，不提防，地上有一塊香蕉皮，讓他滑倒了。

「哈哈哈，笨蛋！」小紅帽笑道，走到「費迪弟弟」那裏去。那塊香蕉皮是她的，剛才趁健碩男人打滾時丟了出去。

最後由小紅帽拿到代表西邊的紙，她喜孜孜的唱着歌♪，修補圍牆。牆頭的烏鴉鼓譟不已。

「咦？」翰修發現了一件事，張大眼睛，「不好了，小紅帽——」

但，在他把話說完之前，健碩男人溜到了他和洛基背後，把他們打暈了。

「不能讓他們提醒小紅帽。」健碩男人心想。

小紅帽只要四十多分鐘就修好圍牆，比健碩男人快很多。她高舉雙手。

「我贏了！」

不料「費迪弟弟」宣布勝利者是健碩男人。

「為什麼？」小紅帽驚訝道。

「你修補的部分是東邊，不是西邊。**你一直搞錯了**。」「費迪弟弟」説。

「真是笨得可以！」費迪嘲笑她。

原來小紅帽弄錯了方向，把東當作西，變相幫健碩男人完成工作。

結果健碩男人完成五個測試，成為優勝者。

6. 保鑣面試

「這是二頭肌的勝利！」他不知所云道。

一隻烏鴉在小紅帽頭上飛過：「傻瓜傻瓜……」

「回家吧。」醒來了的翰修對洛基說。

至於湯姆，**從頭睡到尾**，連面試結束了也不知道。

黃昏時，傑黑**濕漉漉**的回到洛基的家。

「你究竟去了哪裏？」小紅帽問。洛基給他**毛巾**抹身。

「不要提了。」

傑黑仰頭想打噴嚏，好在小紅帽、洛基把他的鼻子堵住。

人狼的調查**很不順利**，真叫人洩氣呢。

第二天。

正當翰修、小紅帽、傑黑、洛基好夢正酣，有人**粗暴地**敲打房子的門。

「誰啦……」洛基從地板爬起身，向前傾倒，打個前滾翻，滾到門前開門。

幾個 **警察** 不由分說湧進來。一些人抓住洛基，另一些抓住睡在地上的翰修、小紅帽、傑黑。

「你們在幹什麼？」傑黑搞不懂眼前的狀況。

「費迪的家昨晚被**人狼入侵**了。」一個警察解釋。

「我們認為那頭人狼和這幾個外地人有關係，所以要把他們抓起來 **審問** 。」另一個警察說。

「吓？」洛基震驚不已。

翰修、小紅帽、傑黑涉嫌讓人狼攻擊費迪的家，給警察關起來了。

7. 找到人狼？

前一天，晚上十一時。

費迪的大屋點了多根蠟燭，發放 **溫暖的光芒**。

「費迪弟弟」、「費迪妹妹」都在地下的客廳。

「費迪妹妹」正在**打掃**，「費迪弟弟」則在*修理東西*。

健碩男人則抱着他的二頭肌在屋外**巡邏**，他要當值一個晚上。

在二樓，費迪寢室的窗子透出**燭光**。這個時間他通常在牀上檢視帳目。

「對了，哥哥（費迪逼他們叫他哥哥）說他要養一隻**貓**。」客廳內，「費迪妹妹」跟「費迪弟弟」講話，「你能弄一隻嗎？」

「沒問題呀。」他答道。費迪不是喜歡寵物的人，不過他常常有**出人**意表的要求。「新請的那個大個子，你認為怎樣？他看來似乎挺能幹。」

「是嗎？」她不以為然道。談了幾句，外面傳來刺耳的烏鴉叫聲。他們從沒有聽過牠們叫得這麼**聲嘶力竭**。

「怎麼了？」「費迪弟弟」放下手上的物件，跑到窗前，朝大閘望去。

赫然瞧見一個**身影**，站在鐵閘後。有誰攀過

了閘門，入侵了進來！

定睛一看，那就是**傳聞中的人狼！**

「叫哥哥把門關好，不要出來！」「費迪弟弟」回頭對「費迪妹妹」說。

「費迪妹妹」點一下頭，跑去樓梯，向樓上叫道：「哥哥，**有事發生了，請你留在房間內！**」

「費迪弟弟」向外叫喚健碩男人：「你在哪裏？」

只是聽不見任何回覆。

再看看大閘，人狼提起了腳步，朝屋子邁進。

「**可惡！**」「費迪弟弟」衝進雜物室，取來一根鐵棒，衝到屋外。

80

「**滚**出去，*怪物！*」他大動作的揮動鐵棒，恫嚇人狼。

可是人狼已經不見了，只剩下零落的烏鴉叫聲。

「費迪弟弟」呼一口氣，鐵棒掉了下來。

就像翰修所預計，人狼再次露面，而且地點是費迪的住所。

翰修、小紅帽、傑黑因為 嫌疑最大，給警察拘捕了起來。

警局的環境頗亂，擺了幾張工作桌，上面堆滿了文件。

「給我 **老實** 說清楚，為什麼你們要做這種事？」

81

小紅帽卻質問警長，為什麼不給他們 **早餐**。

發惡的反而是她。

「可是你們是 **疑犯** 啊……」警長説。

「你也説了，我們是疑犯，**不是犯人**，你們

不能這樣對我們！」

「好吧……」警長被小紅帽的氣勢壓倒，只有

送上◉**早餐**。

7. 找到人狼？

「有點替他感到 **可憐** 呢。」傑黑說。翰修挖挖耳朵。

待三人吃過早餐後，警長展開偵訊，指控他們跟人狼有關。

「那頭人狼是你們帶來的，對吧？」

「當然不是了，**我們是清白的！**」小紅帽否認道。

「可是人狼不遲不早，偏偏在你們來到後出現，怎麼說也太巧了。」警長自覺 **理直氣壯**，這一次沒有退縮。他的部下替他打氣。

聽了這句話，傑黑現出奇怪的神情。

「昨晚十一點到十一點半，你們在哪裏？」警長問他們。那是人狼闖入費迪大屋的時間。

很不巧，他們都在睡覺，**沒有不在場證據**。

「當時我們在洛基的家睡覺，但我可以保證，我們沒有出去過。」翰修説。

「真的嗎？」警長**不**信任地説道。他們是外地人，保證根本沒有分量。

「洛基可以為我們作證，證明我們和人狼無關。」小紅帽隨即説。

「最近洛基怪怪的，常常胡説八道，不是那麼可靠。我們已經把他抓去醫＋院了。」警長説。言下之意是，洛基也不受信賴。

這下子麻煩了，他們沒有不在場證據，又無法用謊言唬弄警察。

「趕快承認吧，你們把人狼帶了進城，藏在某個地方，並發動了**兩次**襲擊。」警長説。

「不，我們沒有。」翰修堅定道，「只要你們把

百科全書拿過來，就能證明我們是無辜的。」

「**百科全書？**」警長訝異道。小紅帽也是滿頭問號。

翰修在打什麼主意？

「等一會你……」翰修低聲拜託傑黑一些事情。然而傑黑完全心不在焉，翰修只好找小紅帽幫忙。過了片刻，一套四本的**百科全書**送到警長手上。

「你要用來做什麼？」他把百科全書拿給翰修。

「找一則資料。」翰修答道，翻查第一本書。

百科全書能 **怎樣洗脫他們的嫌疑？**

「找到了。」不一會翰修說，舉起第二本書，展示內容，「這則資料指出，**我們跟人狼一點關係也沒有。**」

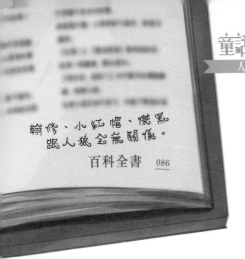

翰修、小紅帽、傑黑
跟人狼全無關係。

百科全書　*086*

可以看見，書上一個空白處用人手寫了一句話：

「翰修、小紅帽、傑黑跟人狼全無關係。」

這是小紅帽偷偷寫的，翰修故意吸引大家的注意，讓她在書上寫這句話。

警長盯着小紅帽的字，歪七扭八，比小童的字還不如。

「**你的字也太醜了吧？**」翰修想，瞪瞪小紅帽。她吐吐舌頭。

「既然百科全書這樣說，那你們肯定是無辜了。」最終警長相信了書上的話，釋放三人！

這樣**簡陋的詭計**，一般人決計不會受騙。只是誠實城的人不能理解「刻意寫下虛假的東

西」，相信百科全書寫的都是真的，因此上了當。

小紅帽步出警局外，大口的呼吸。

「自由的空氣真好！」

「我們只是關了一個多小時而已。」翰修說。

傑黑一直沒有作聲，小紅帽拍一拍他：「你怎麼發呆了？」

「我們真的和人狼的事無關嗎？」傑黑徐徐開腔。

小紅帽、翰修看着他。

「有沒有可能，在這裏出現的人狼，其實是我？」傑黑說。

傑黑本來沒有想到人狼是他自己，可是經警長那樣**質疑**，回心一想，發現不無可能。

人狼第一次現身時，他去了找朱古力流心蛋糕，跟翰修、小紅帽分開了。也許當時他打了個噴嚏，變了人狼，也不一定——每次變成人狼，傑黑都會**失去理智**、**失去記憶**，有時變了身也不自知。

昨晚的情況也一樣，沒有人能證明他沒有變身。事實上，睡覺之前，他就差點打了噴嚏。

聽了傑黑的**擔憂**，翰修禁不住笑出來。

「你不會是那頭人狼啦。」

「為什麼？」傑黑問。

「因為**時間不夠**。那天我們是分開過，但在人狼出現後不久就會合了。你根本沒有充足的時間變身，跑去殺羊。」翰修剖析道。

「對啊。」傑黑鬆一口氣，「太好了。」

倘若人狼是他本人，留在這裏就毫無意義，浪費時間。

更重要是，小紅帽必定會很**生氣**，狠狠的教訓他一頓。

「**算你走運。**」小紅帽收起她的鐵錘。

傑黑擦一把汗。

既然傑黑不是人狼，接下來就要繼續調查人狼的身分。

不過在去費迪的大屋之前，先要去一個地方。

三人走近之前把傑黑嚇跑的「**鬼屋**」。

那其實是**醫院**，洛基給人送到了裏面治病。

翰修、小紅帽、傑黑覺得他們連累了洛基，要把他從醫院裏救出來！

8. 謎之舞蹈

這所醫院專門接收腦子有毛病的人，三人獲准到洛基的病房探望他。

「這邊請。」醫院的女職員為他們引路。

打量周遭的病人，沒有一個人有異常的舉動，大家看起來都很快樂。這和他們想像的不一樣，跟建築物的外觀形成強烈的反差。

醫院女職員把三人帶到洛基的房間外，然後

離開。

「可憐的洛基，明明沒有病，卻被關了起來。」小紅帽説。

「我們要把他救出來。」傑黑推開房門——

誰知道洛基不在房間裏。

他人在哪裏？

傑黑馬上把負責人找過去，問他洛基怎麼不見了。

「我也不知道。」負責人慌張道，叫來其他職員，一起尋找洛基。

「……」翰修走進洛基的房間。

房間的環境相當好，採光充足，佈置簡單而舒適。

從窗子的位置可以看到醫院的正門。

91

「所以洛基能看見我們來**醫院**。」翰修低聲道。想了一下，跪下來探看牀底。

發現洛基果然躲了在裏面。

「洛基在牀底？」小紅帽、傑黑叫道。

「洛基不想離開，所以一看見我們就**躲起來**。」翰修説。

「……」洛基低頭不語。

「**為什麼？**這樣被當作有病，跟病人關在一起，你也沒有意見嗎？」小紅帽問。

他欲言又止。

「這裏關的大多是**會説謊的人**，而不是病人，是不是這樣？」翰修推測道。

「不是吧？真的嗎？」小紅帽、傑黑驚異道。

「你怎麼知道?」洛基説。

「想想就知道。你不可能是**唯一**會説謊的人,一定還有別的個案。假如有這樣的人,肯定會被當作有問題,送來醫院。」翰修説。

因為醫院環境理想,周遭又都是跟自己相似的人,令洛基流連忘返。

小紅帽扠腰抿嘴。

「那人狼的事怎麼辦?你不是想保護這個城市嗎?」

洛基內心掙扎了一下。

「好,我跟你們走。」他畢竟是好孩子呢。

洛基總算願意離開醫院,只是有個根本的問題要解決。

「這裏有那麼多人，怎樣能把他救走呢？」傑黑抓着下巴。

「這還不容易。」小紅帽說，自背脊扯出一根繩子，綁在窗框上，「我們可以直接**從窗子逃走**呀。」

「吓？」洛基說。

小紅帽什麼都不管，一手抓着繩子，一手抱着洛基，「**飈**」的一聲跳出窗外，沿繩子滑下去。

翰修、傑黑把頭伸出窗外。

「雖然 **有點亂來**，但這也是一個方法。」傑黑說。

「看來我們也要爬下去。」翰修拉拉窗上的繩子，「我應該 **辦不到**，你要抱我下去——」

「不行。」

經過了一番折騰，四人逃出醫院。

　　翰修、小紅帽、傑黑、洛基踏上通往費迪家的路。路上他們討論人狼第二次的襲擊。

　　幾乎可以確定，人狼是翻越閘門進入費迪的家園。

　　「當他攀爬鐵閘時，肯定給烏鴉啄得很兇。」小紅帽説。

　　「有個地方我想不透。」傑黑提出疑問，「為什麼人狼要爬進費迪的家？」

　　「多半是為了捕食吧。」小紅帽説。

　　「那他有很多選擇呀，他可以像之前那樣，抓畜牲來吃，幹嘛要這麼辛苦，忍受烏鴉的攻擊爬鐵閘？」傑黑不認同，「我有一個想法，會不會人狼其實沒有入侵費迪的家，他本來就在那個家裏。」

　　小紅帽、洛基聽不懂他在説什麼。

「我明白了,你的意思是……」翰修説。

「**人狼是大屋裏某個人。**」傑黑説明道,「他在昨晚變了身,跑到了閘門後。大家以為他是從外面入侵,其實搞錯了,是相反才對。」

「**有趣**。」翰修説。

換句話説,傑黑認為人狼是費迪、「費迪弟弟」、「費迪妹妹」、健碩男人中某個人。

到了費迪的大屋，「費迪弟弟」卻 拒絕 讓

他們進去。

「我們現在很忙，請回。」站在閘門後的他說。

大閘、圍牆正進行改建工程，建得**更高**。因為

人狼來襲的關係，費迪下令要**加強**防禦措施。

原本聚集在圍牆的烏鴉給工人趕走，在天空飛

行，不住「*呀呀*」的發牢騷。

傑黑問「費迪弟弟」，能不能叫健碩男人出

來。

「我們想跟他聊一聊。」

「那樣不濟的傢伙，已經給哥哥**解僱**了！」「費迪弟弟」說。人狼出現時，健碩男人不知跑到了哪裏，叫他**十分生氣**。

「又要找貓，又要執拾行李，**忙死了……**」「費迪弟弟」自言自語道，轉身回去屋子。

不幸地，翰修、小紅帽、傑黑、洛基無法再跟費迪、「費迪弟弟」、「費迪妹妹」接觸。

不過問題不是太大，因為他們最想找的不是那三個人，而是**健碩男人**。

然而健碩男人也給了他們**閉門羹**。

「我不想見人，你們走吧！」健碩男人把自己關在房子裏。

「你開門好嗎？」小紅帽隔着門說，嘗試說服他，「你真的這麼忍心，不讓我們見你的二頭肌嗎？」

「好吧。」健碩男人給小紅帽打動，敞開大門。她向翰修他們**驕傲**地笑了笑。

「這是我這輩子聽過最怪誕的對話……」翰修說。

他們何以要找健碩男人呢？因為他**大有可能**是人狼。

第二次襲擊發生時，「費迪弟弟」、「費迪妹妹」可以看到彼此，因此不會是人狼；而費迪雖然沒有人證，但當晚他待了在二樓的寢室。由於他**長得太胖**，不能走樓梯，除非有人幫他操作升降機，否則他沒有辦法從二樓下來。

排除了他們後，**嫌疑者**只剩下健碩男人。

幾個人問健碩男人，昨晚他人在哪裏、怎麼不見了。

「我不想回答。」健碩男人説。

傑黑**瞇起眼睛**看着他。誠實城的人不會説謊，假如他是人狼，只能説「我不想回答」。

「你就是那頭人狼，對吧？」傑黑問。

健碩男人瞪大眼睛，呆了一呆。

「你在說什麼了？我怎麼會是人狼？」

所以傑黑**猜錯**了，健碩男人並非人狼。

「是啊……」傑黑失望道。

可惜是可惜，不過他們未必完全白忙一場。或許健碩男人能提供什麼線索，那時他在**屋外巡邏**，說不定看到「費迪弟弟」看不到的東西。

「我們正在找那頭人狼，你什麼都不說的話，不曉得哪一天才找到他。」翰修斜眼看着健碩男人，「或許他某一晚會**摸上你的家**，也不一定。」

「不會吧？」健碩男人哆嗦道，「好的，我都說出來。」

健碩男人跟「費迪弟弟」、「費迪妹妹」一樣，也是聽到**烏鴉**的叫聲後注意大閘。

　　當他看見引起騷動的是人狼，立刻跳進草叢躲起來——基本上他**虛有其表**，是什麼都怕的**膽小鬼**。

　　「怪不得你不肯說自己在哪裏了，那麼**丟臉**。」洛基說。

　　健碩男人無話可說。

　　「你看到的只有這些嗎？」傑黑問。健碩男人並沒有新資訊，真教人**失望**呢⋯⋯

「不，在人狼離開前，我曾經**偷看過他一眼**。」健碩男人擰擰手。

翰修、小紅帽、傑黑、洛基看着他，等他説下去。

「那時他在低着頭，像在找什麼東西。然後……然後……」

「然後怎麼了？」小紅帽心急地問。

104

8. 謎之舞蹈

「不知怎的，他突然跳起舞來。那個情境怪異得不得了。」說到這裏，健碩男人不由得打個寒噤，「我看得心裏發毛，於是又躲回草叢裏。」

小紅帽、傑黑、洛基
一臉困惑。

人狼曾經跳舞？
實在是太荒唐了。

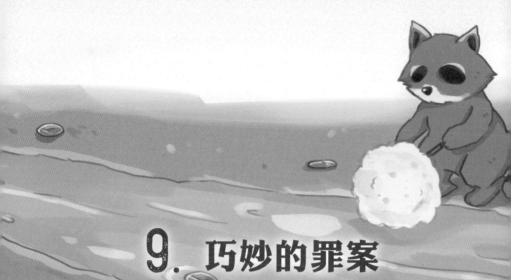

9. 巧妙的罪案

　　翰修、小紅帽、傑黑、洛基回去洛基的家。健碩男人不是人狼，他們又回到了起點。

　　「我曾經看過一隻浣熊，拿**棉花糖**去河裏沖洗，結果棉花糖化得一點也不剩，令牠很沮喪。我現在就有這種**失落感**。」小紅帽説。

106

這幾天他們做了不少工夫，但始終弄不清**人狼的底細**（除了他會跳舞，也不知道有沒有意義），難免感到氣餒。

翰修拿起一顆口香糖，放進嘴巴。

「你們不知道人狼是誰嗎？我以為已經很**明顯**了。」沒想到他這樣說。

「你說什麼？」小紅帽、傑黑、洛基意外地道。調查明明處處碰壁，他怎麼得知人狼的身分？

才說完，驚見幾個**醫院員工**在附近出現。他們正在搜索洛基。

翰修、小紅帽、傑黑、洛基立刻跳進橫巷的一隻大桶子裏。黑暗中只見到**四雙眼睛**。

「好迫。」洛基說。

「人狼究竟是誰？」傑黑問翰修。

「有些事情我仍然要確認。」他不肯說，**賣關子**道，「我只能說，他一定會再出現，到時我們可以當場把他逮住。」

「不行，我現在就要知道人狼是誰！」小紅帽等不及，~~搖晃~~翰修逼問他。

「我是洛基，不是翰修……」

只是她抓錯人了。

討厭的翰修不肯透露人狼的身分，他們只能等人狼 **第三次現身**。

接下來幾天只有**等待**，無事可做。

有一天，翰修提出要去確認他之前說的事情。
於是他們跑到迪拿的住處，躲在附近某個**角落**。
翰修說要等迪拿出門。

「他想確認什麼呢？」傑黑暗想。

過了半天，迪拿走出房子買東西。他的體型跟
費迪相反，十分消瘦。

「一看就知道他和費迪是兄弟。」翰修滿意地道，表示可以走了。

「你完成確認了嗎？」小紅帽問。

「對。」

完全不知道翰修在幹什麼呢。

這段時間洛基常常去找湯姆玩，每次翰修、小紅帽、傑黑都會跟過去。這天他們又去了**湯姆的家**。

「翰修怎麼也跟過來？太反常了！」傑黑心想。

小紅帽很喜歡跟那一帶的 小童 玩，她捧起一個男孩，玩飛天遊戲。

「三，二，一，飛！」一下便把小男孩擲到天上去。

「也擲得太高了吧！」「吱吱！」洛基、湯姆、

謝利嚇得眼都凸了。

傑黑抓住翰修的肩膀。

「我知道你不想透露人狼是誰,但能不能給我一點 **提示** ?」

「好吧。」翰修受不了道,傑黑已經問過不知幾百遍,「在這件事裏,人狼從來不是**主角**。」

「什麼?」傑黑錯愕道。

111

「自始至終這都是一宗罪案，一宗精心設計的**罪案**，有人在背後策劃一切。」

罪案？傑黑的腦子一時間轉不過來。他沒有想過事情跟犯罪有關。

若事件涉及犯罪，他只想到一個人——

一個貪心的大胖子。

又過了幾天。

費迪將會在周末出城，去做身體檢查。

由於費迪**太笨重**，他的交通工具是特殊改造的牛車。只有強壯的牛能拉動費迪。

「人狼會在 周末 出現。」聽到消息後，翰修說。

「事件真的牽涉那個人嗎？……」傑黑想道。

轉眼就到周末，他的問題可以得到解答。

周末早上，在費迪大屋的閘門外，「費迪妹妹」正協助費迪走上牛車，「費迪弟弟」則幫忙運送行李。他們都會**留守大屋**，不會隨行。

「把那個老農夫的田地收回來，這個月他遲了**一天**付租金。」費迪對「費迪妹妹」囑咐道，並向地下吐一口痰。

「……」

費迪一向採取**鐵腕政策**，作風無情。

車廂的門有點窄，「費迪妹妹」粗暴地把費迪擠進去。

「喂，**痛死我了！**」費迪説。

「對不起。」「費迪妹妹」説。

隨後車夫大喝一聲，鞭策幾頭牛拉車。牛車在「費迪弟弟」、「費迪妹妹」的目送下離開。

另一方面，翰修、小紅帽、傑黑、洛基也步出房子。

「去抓人狼吧。」翰修説。

四人步行到費迪的大屋。改建工程已經完工，圍牆**更高更厚**，大閘也**更堅固**。

「人狼又跑進去了嗎？」洛基驚訝道。

「對。」翰修説，望望小紅帽，「拜託你把閘門弄開。」

「**沒問題。**」小紅帽擦擦鼻子，一躍而起，在鐵閘上踩了兩腳，借力翻進去，然後為大家打開

閘門,「請進。」

因為**烏鴉**都搬家了,屋子裏的人不曉得有人闖進去。

幾個人穿過花園,走到大屋門前。翰修逕自把門推開。

「我們是不是應該通知費迪的工人?」傑黑問。

「不用啦。」

大屋內外都很安靜,不像翰修説的那樣,有人狼侵襲。

「翰修會不會弄錯了?」傑黑不禁懷疑了起來。

突然,樓上傳來**可疑的搬動物件的聲響**,翰修指指上面。

「我們走上去。」

傳出聲音的是二樓的**書房**。

推門一看，看見「費迪弟弟」、「費迪妹妹」正在搬運一件件**貴重的擺設**，並放進一個大袋子裏。

「你們在幹什麼，偷東西嗎？」小紅帽當下説。

看真一點，房間還有**第三個人**，背着他們。

那個人是費迪，是他指示「費迪弟弟」、「費迪妹妹」，裝起那些財物。

他們同一時間**停止動作**。

「你在胡説什麼？你們怎麼在這裏？」「費迪弟弟」説。

「我們是來抓人狼的。」傑黑説，望向費迪。

「費迪不是去了做**身體檢查**嗎，怎麼又回來了？」傑黑疑惑道。

「不如你親自回答傑黑……」翰修望着費迪，

「**湯姆**。」

「湯姆？」小紅帽、傑黑、洛基、「費迪弟弟」、

「費迪妹妹」一臉惘然，不曉得這是什麼狀況。

10. 另一種形式的謊言

費迪靜止不動。過了一會聽到一陣陣鼻鼾聲。

「他不是睡着了吧？」小紅帽鼻孔噴氣，走去捏他的臉。

「**好痛！**」他慘叫道。

「咦──？」小紅帽也叫出來，「這個人根本不是費迪啊！」

他實際上是湯姆，把自己喬裝成費迪。像是

有點像，但效果不能叫人信服。

「他用了 **橡皮瞼具**、**棉花** 等東西化妝。」擁有化妝證書的傑黑説。

翰修走近「費迪弟弟」、「費迪妹妹」。

「『費迪』怎樣對你們説，他為什麼回來？」

「他説想順道把一些財物拿去 **銀行** 保管，叫我們把東西裝起來。」「費迪弟弟」答道。

「我明白了。」翰修點點頭，對兩人説：「我們有事情要跟『費迪』**商量**，麻煩你們出去。」

「可是⋯⋯」「費迪妹妹」有些猶豫，望向她以為是費迪的湯姆。

但他沒有任何表示。

「請你們出去，不要 **妨礙** 我們。」小紅帽把「費迪弟弟」、「費迪妹妹」推出書房。

房間剩下翰修、小紅帽、傑黑、洛基和湯姆。

「究竟這是怎麼一回事？」傑黑問。

「湯姆趁費迪出城的時間，假裝是費迪，然後 **光明正大** 的進來，偷取財物，就是這樣。」翰修回答。

「這麼爛的計劃，怎麼可能成功？一看就知道他是假貨了！」小紅帽扯一扯湯姆的橡皮臉具。

「一般來說是行不通，但在誠實城裏，情況就不一樣。」翰修比比洛基。

只見洛基雙手抱頭，**困惑**不已。

「費迪其實是湯姆嗎？」

「這個地方沒有謊言的概念，包括說不是真的話、寫不是真的東西，還有做不是真的自己，也就是**扮演假的身分**。」翰修解釋，傑黑記起了這裏沒有演員，「所以儘管湯姆的化妝有很多破綻，大家還是會覺得他是費迪，即使是剛會說謊的洛基也受騙。他們的腦袋沒有『一個人**假冒**另一個人』的想法，這個狀況令他**喬裝的計劃**得以實行。」

「即是湯姆跟洛基一樣，懂得說謊？」傑黑問。

「而且已經懂得一段時間，經驗比洛基**豐富**。」翰修說。這一點也不奇怪，醫院的事已經證明，洛基不是個別的例子。

「讓我把事情從頭說起吧。」翰修說出他的推理，「很久以前，湯姆發現了 說謊 這件事，不過他想不到可以怎樣利用。直至前陣子洛基騙大家說人狼來了，他終於想到一個騙計，就是假扮有錢的費迪，偷他的東西。那是在其他地方行不通，只能在誠實城實行的計劃。由於迪拿跟費迪長得很像，他可以找迪拿幫忙，倒模做 面具。我猜迪拿並不曉得那張面具用來做什麼，但因為湯姆曾經救助過他，所以他答應幫忙。

　　「不過湯姆不確定，化妝後的他能不能欺騙大家，於是他做了個實驗測試——**假扮人狼出現**。他知道洛基說看見人狼是假的，那是開玩笑，這啟發了他套上狼的皮毛，裝成人狼，跑到洛基面前。如果連懂得說謊的洛基也信以為真，那其他人肯定也會**上當**，這代表喬裝的計劃是可行的。結果洛基給他的偽裝騙倒，以為人狼真的來了。」

　　「所以根本沒有人狼，一切都是**胡說**？」傑黑說。

「沒錯。」翰修説。

洛基大約搞懂眼前的人是湯姆了，定睛看着他。湯姆因為利用了朋友，不敢看向洛基。

「**冒充人狼**還有一個目的，就是讓費迪感到有威脅，招聘保鑣。那他就可以乘機進入費迪的家，視察環境，看看有什麼可以偷。這是 一 舉 兩 得 的行動，既可以確認計劃是不是可行，也可以收集目標的情報。」翰修説。

「你是怎樣**識破**我的計劃？」湯姆終於開口。翰修幾乎什麼都看穿了，湯姆不認罪也不行。

「一開始我就看出人狼是假的了。」翰修説。

「吓？」小紅帽、傑黑説。

「你們回想一下**綿羊遇襲**的現場。」翰修對他們説。

翠綠的山頭有一灘顯眼的褐紅血迹，不消說就是命案現場。

那個位置的草十分整齊，給羊的屍體壓扁了；紅色的血像被鋪般蓋在草上，猛看還挺像一張牀。

「那裏出奇地整齊，正常來說是不可能的，因為在捕獵的過程中，綿羊一定會**反抗、掙扎**——除非捕獵者使用弓箭之類的工具，在遠距離攻擊牠，令牠當場斃命。」幹修向湯姆作出射擊的動作，「那麼施襲的就不是人狼，而是人類。有人**冒充人狼**，接近洛基。為了加強可信性，他把一隻羊殺了，然後埋起來。不過當時我不曉得，犯人的目的是什麼，直至看到費迪的**招聘傳單**，我隱約猜出他想打費迪的主意。」

126

「但你怎麼知道犯人是我？迪拿跟費迪是兄弟，很容易就能冒認費迪，他不是比我更有**嫌疑**嗎？」湯姆説。

「有**兩個理由**令我懷疑你。」翰修豎起兩根手指，「第一，費迪像犯人所預料，聘請保鑣，只是面試當日沒有人有機會進入他的大屋。犯人這麼**聰明**，不可能會忽略這個情況，那他怎樣進行**視察**呢？我想到一個做法，就是帶一個幫手，趁大家不注意時潛進屋內。」

「你説還有第二個犯人？但我沒看到**可疑人物**啊。」小紅帽抓頭。

「表面是這樣。但要是幫手是他，他可以避開我們的耳目，溜進大屋。事實上，我想，他現在也在這裏。」

「房間還有別的人？」傑黑説。小紅帽左看看右看看。

「出來吧。」翰修對那個幫手説，「謝利。」

湯姆的上衣有個口袋，謝利聞言探出頭來。

翰修説的第二個犯人就是謝利。「費迪弟弟」透露過，面試之後大屋發現有鼠患，間接支持了他這個設想。

「又要找貓，又要執拾行李，忙死了……」「費

迪弟弟」自言自語道，轉身回去屋子。

因為有**老鼠**，所以費迪才會想養**貓**。

「但謝利是老鼠啊，怎麼可能是犯人……」傑

黑說。

「他不是普通的老鼠，而是 **有思想** 的老鼠，

看他平常的表現就知道了。」翰修看看謝利，「對

吧？」

「對。吱吱。」謝利說。他一直以來 `假裝普通`

`的老鼠`，藉此生存，只有湯姆知道這件事。

童話世界有兩種老鼠，一種是沒有思想、純粹

的動物；另一種是會說話、穿衣服，和人沒有兩樣

的老鼠。謝利屬於第二種。

「因為他沒有穿衣服，又不說話，大家以為他是**普通**的老鼠。」翰修說。

要是謝利是幫手，那犯人自然就是湯姆，這是翰修懷疑他的第一個理由。

「第二個理由是，人狼在入侵這裏時，做過一個古怪的舉動。他曾經 *跳舞*。」翰修續道，「犯人把謝利送進來，只是收集情報的第一步，之後還要把他接回去。因為屋子周圍有 **烏鴉把守**，謝利

130

不可能逃出去。」他指指謝利，「所以，同一晚，犯人闖了進來。那是為了接走謝利。令人在意的是，期間有人看到他動也不動，然後**突然跳起舞來**。」

他盯着湯姆。

「我不禁聯想到你，你也做過類似的事。」

「保鑣的工資這麼優厚，我當然……」說到一半，湯姆低頭睡去。

「把話說完才睡覺。」小紅帽說，並踢了他一腳。

「好痛！」湯姆立時痛醒，抱着腳跳來跳去。

「因此我認定你是犯人——你在接回謝利時，忽然睡着了。情急之下，謝利咬你一口，令你痛得**手舞足蹈**。犯人只能是你，不可能是其他人。」

翰修對湯姆說,「不過我手上沒有**實質的證據**,所以只有趁你行動的那一刻揭發你。」他總結道。

湯姆、謝利**口服心服**。翰修的推理大致跟事實相符,沒有太大出入。

「等一下,你遲遲不肯告訴我們犯人是誰,是因為你沒有**百分百**的把握嗎?」傑黑問翰修。

「對,畢竟我沒有證據,有機會猜錯。」他坦然道,「猜錯了就糗了。」

「你這個人,有時不在乎自尊,有時卻**自尊心超強**……」傑黑說。

11. 真正的家

「那現在怎麼樣，把我們送去 **警局** 嗎？」湯姆說，跟謝利一同望着翰修。

「能不能放他們一馬？」洛基向翰修求情，「湯姆會偷東西，我想是為了 幫助有需要的人 。」

洛基不計較湯姆曾經利用他。他們互相對看，撞一下肩膀。

洛基說得不錯，湯姆的確是為了幫其他人而進

行行騙計劃。

小紅帽、傑黑想起跟着湯姆的那些小童。他們都**三餐不繼**，十分貧困，有了費迪的財物，大家的生活將會獲得改善。

「放心，我不會**告發**你們，你們可以繼續執行你們的計劃。因為我很不喜歡費迪，讓他嘗嘗教訓也好。」翰修說。

「謝謝你。」湯姆、謝利說。

「到底翰修是**善良**還是**邪惡**？」傑黑問小紅帽。

「總之他做的是**好事**就夠啦。」她不在乎道。

「只是你們似乎沒有考慮，完成計劃後會有個問題。」翰修對湯姆、謝利說。

「什麼問題？我們討論過很多遍，費迪不可能

會懷疑到我們的頭上。吱吱。」謝利説。

「但他會懷疑兩個**工人**。」翰修説。

費迪的家失竊，「費迪弟弟」、「費迪妹妹」的嫌疑必然最大。湯姆一言驚醒，他完全忽略了這一點。

「你説得對，那怎麼辦？」

這是很大的問題，他不能忍受看到**無辜的人**受累。

「我想過了，只要我們自認犯人，扛上所有責任就行了。」翰修提出**解決方案**。

「你的意思是，讓大家誤會東西是我們拿的？」傑黑説。

「沒錯，那就不會有人受牽連。我們是外地人，本來就沒有信譽，是最好的**代罪羔羊**。」

翰修看看小紅帽、傑黑，「你們不介意做**壞人**吧？」

他們自然沒有所謂。

「不過下次請不要**先斬後奏**。」傑黑說。

「謝謝你們。」湯姆、謝利感激道。

「能認識你們真好。」洛基說。

「別說了，肉麻死了。」翰修打個冷戰，指向地上的袋子，「那麼你們搬你們的東西，我們做我們的工作。」

翰修、小紅帽、傑黑要製造他們**犯案的假象**，然後離開這個城市。

雙方各有工作，換句話說，此刻就要分別。

洛基、湯姆、謝利向翰修、小紅帽、傑黑鞠躬。

傑黑把書房門拉開，小紅帽回頭對他們揮手。

一開門，「費迪弟弟」、「費迪妹妹」砰的一聲倒下來。他們一直把耳朵貼在門上，**偷聽**房內的動靜。

「我們是**劫匪**，現在要搶掠這間屋子。」翰修對「費迪弟弟」、「費迪妹妹」說。小紅帽配合地奸笑了三聲。

「好差勁的演技。」傑黑想。

他們把「費迪弟弟」、「費迪妹妹」、洛基綑起來（他們要消除洛基的嫌疑），關進廁所，然後**逃之夭夭**。

湯姆拖走滿滿的袋子，自我提醒：「我不能睡覺，不能辜負翰修、小紅帽和傑黑。」

　　半天後，翰修、小紅帽、傑黑已經離開誠實城好一段距離。

　　「到頭來還是找不到醫治**人狼症**的頭緒。」傑黑大嘆可惜。

　　「不要緊啦，早晚一定會找到**解藥**的。」小紅帽樂天地道。

　　三人感到肚子餓，於是坐在河邊吃東西。

　　他們看見鴨媽媽帶着一群小鴨路過，不期然想起那天的情景。

湯姆的身後有七八個小童，像小鴨跟隨鴨媽媽那樣跟着他。

翰修、小紅帽、傑黑會心微笑。

只有愛能建立真正的家，湯姆的家比費迪貧窮千百倍，卻也溫暖千百倍。

作　者	一樹
責任編輯	周詩韵
繪圖及美術設計	雅仁
封面設計	簡雋盈
出　版	明窗出版社
發　行	明報出版社有限公司
	香港柴灣嘉業街 18 號
	明報工業中心 A 座 15 樓
電　話	2595 3215
傳　真	2898 2646
網　址	http://books.mingpao.com/
電子郵箱	mpp@mingpao.com
版　次	二〇二〇年三月初版
ＩＳＢＮ	978-988-8525-34-8
承　印	美雅印刷製本有限公司